INVENTAIRE
Ye 15,971

I0613758

LA VRAIE

PHILOSOPHIE,

ou

ESSAIS DE POÉSIES

Dédiées à la Jeunesse ;

PAR L. BOUDEVILLAIN,

Prêtre-Vic.

Les esprits-éclairés crieront à l'imprudence...
Je commets à leurs yeux une grande imprudence.

FALAISE,

LEVAVASSEUR, IMPRIMEUR-LIBRAIRE.

1845.

LA VRAIE

PHILOSOPHIE.

15971.

LA VRAIE

PHILOSOPHIE,

ou

ESSAIS DE POÉSIES

Dédiées à la Jeunesse;

PAR L. BOUDEVILLAIN,

Prètre-Vic.

Les esprits éclairés crieront à l'imprudence...
Je commets à leurs yeux une grande imprudence

FALAISE,

LEVAVASSEUR, IMPRIMEUR-LIBRAIRE.

—

1843.

Répandez par torrents les publications, sous quelque forme que ce soit, pourvu qu'elles aient un but religieux.

(Extrait d'un auteur catholique.)

Tout exemplaire qui ne sera pas revêtu de la signature ci-dessous, sera réputé contrefait.

PRÉFACE.

———

Dans les temps où nous sommes, tout
le monde doit s'apercevoir qu'un grand
nombre d'auteurs cherchent à corrompre
le cœur des jeunes gens. A cet effet, ils se
servent de tous les moyens les plus capa-

bles. Ils leur parlent de bonheur et de
gloire! Pour les goûter, le jeune homme
doit abjurer les premiers principes mis au
fond de son âme : il faut qu'il ne croie
qu'à ce qu'il voit ; qu'il regarde Dieu
comme un être indifférent aux choses de
ce monde ; qu'il n'espère, après sa mort,
ni châtiment ni récompense, ou une récompense seulement. Les plaisirs, il doit
les puiser à longs traits ! — Cette doctrine,
on doit le voir, est bien propre à renverser
la morale religieuse, et par là même tout
bonheur de l'homme sur la terre.

Faire voir que les plaisirs, la gloire, le
bonheur ne peuvent se trouver que dans
Dieu ou dans la pratique de la vertu, tel
a été notre but. Pour cela, nous avons
composé quelques considérations pieuses.
Nous les adressons aux jeunes gens, pour
les prévenir de ne point écouter ces dis-

cours qui circulent de toutes parts , et de ne point lire ces livres où l'impiété cherche à les perdre, et pour ce monde , et pour l'autre.

Sans doute , nous le savons et nous l'avouons franchement, on ne trouvera pas ici le charme que l'on cherche dans les ouvrages de nos hommes du jour. Nos pensées sont un peu sérieuses. Puis notre style est informe et grossier : nous ne sommes pas poète ; nous n'avons point étudié la poésie d'une manière spéciale, Nous avons lu cependant les meilleurs au- teurs. Quoi qu'il en soit , il se trouve quelques pensées qui sont rendues avec force et même suivant l'imitation de cer- tains hommes de l'art.

Un grand nombre, je le sais , nous ac- cuseront d'imprudence ; je le dis au commencement de cet ouvrage. Qu'ils sachent que ce n'est point un mode de spéculation que nous entreprenons. Nous nous tromperions grossièrement, s'il en était ainsi. Notre intention a été de donner un conseil à un frère qui est encore jeune, et, dans sa personne, à tous les jeunes gens.

Quand nos efforts n'auraient de succès qu'auprès de lui, nous nous estimerions très-heureux.

Une seule âme est bien précieuse aux yeux de Dieu !

A lui seul soit la gloire ! ! !

INTRODUCTION.

L'homme a été créé pour connaître Dieu, l'aimer et le servir. Le vrai bonheur, qui est le Ciel, est attaché à l'accomplissement de ces trois grandes obligations. C'est l'ordre que nous avons suivi. Il nous semble qu'il ne pouvait y en avoir d'autre pour atteindre notre but, qui est de montrer aux jeunes gens que s'ils veulent être heureux, il n'y a que de pratiquer la religion.

Dans le cours de cette dissertation, on trouvera quelque chose sur la confession, sur sa divinité, ses avantages ; sur l'eucharistie, ses avantages aussi ; quelques réponses à différentes objections.

Nous faisons suivre notre petite philosophie, car c'est le titre que nous avons pris, de quelques morceaux détachés, et qui ont tous rapport avec le premier but : de porter les cœurs à l'amour de Dieu ; en tout deux parties.

Il nous eût fallu dix années pour traiter le sujet que nous embrassons ; il nous eût fallu le raturer plusieurs fois ; mais, nous l'avons déjà dit, ce n'est point par vue de spéculation.

On trouvera d'abord huit psaumes pris dans l'ordre du bréviaire, sauf le dernier, *Super flumina*. Nous en avons fait un cantique. Nous

l'avons choisi exprès pour montrer aux jeunes
gens que la vie n'est qu'un passage.

Viennent ensuite un miracle de fait ; un article sur Ste.-Anne-de-Champfrémont ; deux cantiques en l'honneur de la Sainte Vierge ; un autre
cantique pour le jour de Noël ; la consolation
qu'apporte la religion au cœur du malheureux ;
deux souhaits de fête ; une réflexion à un ami ;
enfin un dialogue.

Nous n'avions point intention de joindre ce
dialogue aux autres passages , tous assez sérieux ;
mais comme nous avons intitulé notre ouvrage
Essais poétiques , nous avons cru pouvoir l'y
insérer.

Plusieurs personnes , je le sais déjà , le trouveront mauvais. Qu'elles fassent bien attention que
le but annoncé est même atteint , tout en badi-
nant.

Nous ne voulons point attaquer le peuple nor-

mand, plutôt qu'un autre. Comme prêtre, nous
ne le pouvons pas. Au reste, nous y tenons presque par naissance, quoique nous ayons été élevé
dans le Maine. Notre père a reçu le jour sur la
terre de Normandie ; puis une grande partie de
notre famille habite cette contrée.

Nous avons voulu, dans ce dialogue, engager
nos lecteurs à être francs, dans quelque lieu
qu'ils se trouvent. La franchise est une chose si
inconnue dans les temps où nous vivons !

Puis, étranger sous un rapport au peuple avec
lequel nous sommes, nous devons le dire à sa
gloire, l'esprit qui l'anime est généralement
louable. En un mot, il se trouve de très-bonnes
gens dans cette contrée comme ailleurs.

Le lecteur s'apercevra de notre impartialité.
Qu'il fasse attention aux derniers mots d'*Alexandre*, il verra que nous n'épargnons personne, ou

plutôt que nous n'attaquons aucun pays en particulier.

L. BOUDEVILLAIN,

Piêt.-Vic.

A MON FRÈRE.

CONNAITRE, AIMER, SERVIR,

OU

DEVOIRS DU JEUNE HOMME ENVERS DIEU

AU JEUNE HOMME.

DEUXIÈME INTRODUCTION.

L'AGE tendre est passé... Déjà l'adolescence
A brillé sur ton front. Au rire de l'enfance,
Vont bientôt succéder les plus rudes combats.
Le monde et ses plaisirs présentent mille appas :
Que dois-tu faire ? Hélas ! la coupe enchanteresse

Ne va pas la toucher! Malheur à la jeunesse

Imprudente et volage: un remords sans pareil

L'attend, et avec lui doit s'enfuir le sommeil.

Sans doute, il t'est permis de rechercher la gloire;

Ton cœur sent et bonheur, immortelle mémoire,

Plaisirs, douceur et paix. Rien ne t'est défendu;

Mais comment obtenir ce qui t'est inconnu?

Dieu, mon cher Alexandre, oui Dieu, sur cette terre,

Seul il peut rendre heureuse et belle ta carrière;

Lui seul renferme tout: c'est le suprême auteur!

Tout émane de lui: plaisirs, gloire et bonheur.

C'est lui qui t'a créé; mais il t'a laissé libre;

Il a droit pourtant à la plus petite fibre

De ton cœur; à ton Dieu tu dois la consacrer;

Tes généreux efforts il saura compenser;

Sa parole est certaine, et voici sa promesse:

« Je remplirai de gloire et d'une douce ivresse

» *Les enfants dévoués et soumis à ma loi!* »

Tu peux croire, sans doute, à cet auguste Roi!

La vérité, tu sais, quelquefois se rencontre

Ici, chez les humains. Quelquefois on te montre

Des effets inconnus; tu les crois, sans en voir

Ni cause, ni motifs. On peut te decevoir.

Là, mon cher, nulle erreur! L'éternelle lumière

Ne peut pas se tromper, sinon dans la poussière

Tout eût dû s'engloutir ; toujours elle éclata !
Si le monde est chrétien, qui donc le conserva ?
Rien ne pouvait tenir de cet ordre visible,
Sous un bras tout puissant, une force invincible.
Toujours le doigt de Dieu, comme sous Pharaon,
A soutenu l'assaut, terrassé le démon.

Crois donc ! et par la foi tu peux tout entreprendre ;
Rien ne peut t'ébranler, si tu veux bien comprendre
L'enseignement donné, car Dieu te soutiendra ;
Par son propre secours il te dirigera.
Il commande : il a droit ! — Le père de famille
Règne sur ses enfants, sur le fils et la fille.
Le roi sur ses sujets sait jouir du pouvoir ;
Et Dieu ne pourrait pas imposer un devoir ?...

Connaître, aimer, servir : l'œuvre de ta carrière,
La voilà ! la voilà ! Puis-je entrer en matière
Sans l'aide du Seigneur ?

Venez a mon secours,
O mon Dieu ! dirigez, éclairez-moi toujours.

PREMIÈRE PARTIE.

CHAPITRE PREMIER.

———•◦•———

CONNAITRE.

———◦———

Pour connaître, un regard ! — Vois la beauté suprême,
Qui créa l'univers, qui t'a créé toi-même !

Quelles savantes mains !

Le brillant firmament te raconte sa gloire,

2

Te rend à chaque instant présent à la mémoire

Ce qu'il est aux humains.

Le jour annonce au jour sa force et sa parole ;

La grandeur de son nom d'un pôle à l'autre vole,

La nuit porte sa voix.

Ce n'est point parmi nous un incertain langage ;

Tout est rempli de Dieu, tout rend le témoignage

De ses divines lois,

Si ton cœur a douté, s'il est vrai qu'il l'ignore,

De celui qu'au berceau le lait nourrit encore,

Qu'il prenne des leçons.

La langue de l'enfant qui tient de Dieu la vie,

Pour bénir sa puissance et confondre l'impie,

Forme ses premiers sons.

Pour rendre l'homme heureux, ici-bas tout conspire ;

Les plus fins animaux reconnaissent l'empire

Qu'il a reçu de Dieu.

Ceux qui de l'océan parcourent les abîmes,

Ceux qui fendent de l'air les campagnes sublimes,

L'honorent en tout lieu.

Pour connaître, surtout! un regard sur ton âme:
Par elle tu saisis; c'est la céleste flamme,
   Source du sentiment;
C'est l'image de Dieu, c'est-à-dire immortelle,
Ne pouvant donc périr; mais la gloire éternelle
   Ou la peine l'attend.

Cette mort, avec soin que ton esprit l'évite,
Et la gloire, au contraire, il faut qu'il la mérite,
   Tu ne peux en douter.
A chaque instant lis-le dans la Sainte Écriture,
Fais en presque toujours, fais-en ta nourriture;
   Ne va pas l'oublier.

Le bonheur qui t'attend surpasse mon idée,
Comme de Saint Paul même il passa la pensée!
   Quelle bonté dans Dieu!!!
Mais aussi le malheur qu'il réserve au coupable
Sera mis en rapport: Rien donc que de louable
   Dans la peine du feu.

L'ENFER.

Réponse en peu de mots à certaines objections.

———————

Il est bon ! il est bon ! Avec toi je l'avoue ;
Mais ne peut-il châtier celui qui dans la boue
S'est traîné sciemment ? Est-il mauvais , ce roi,
Qui condamne un coupable et rebelle à la loi ?

Celui-ci serait-il à vos yeux mauvais père,

Qui punirait un fils insolent à sa mère?

Non, non, sans doute; et Dieu ne pourrait au méchant

Infliger une peine, un juste châtiment?

Si parfois la justice existe en cette vie,

Elle doit être un don de cette autre patrie.

Dieu doit également l'exercer ici-bas,

Ou bien dans d'autres lieux compenser les combats.

Ainsi, doux envers ceux que la ferveur anime,

Il se montre sévère envers l'enfant du crime.

Aucun n'a redouté le bonheur éternel;

Nul ne peut révoquer un malheur immortel.

De Dieu sur nos excès voyant le long silence,

On croit qu'impunément on le peut offenser;

Mais s'il exerce tard sa terrible vengeance,

    Le temps viendra de l'exercer.

LA MORT.

Que l'homme est donc aveugle! il met sa confiance
Dans ses propres grandeurs et dans son opulence.
Il étale à tous yeux cette belle moisson;
Mais bientôt dans ses mains tout deviendra stérile:

Terres, plaisirs, honneurs ; la gloire était fragile ;
Il faut au créateur le prix de sa rançon.

La mort est la, foudroyant chaque tête.
Bientôt sur le méchant, bientôt elle s'apprête
A décocher son dard, perdre son souvenir.
Mais comme un animal et farouche et stupide,
La loi de son instinct, est son unique guide,
Et pour lui le présent paraît sans avenir.

La gloire est donc certaine, ainsi que la justice ;
Pour atteindre le but, encore un sacrifice,
      Écoute, et retiens bien !
Connaître, aimer, servir, c'est là tout le précepte ;
Tu le connais déjà. Pour faire ce qui reste,
      Quel est donc le moyen ?

CHAPITRE DEUX.

———◆◆◆———

AIMER.

Sois touché, dans ton cœur, de la bonté de Dieu;
N'est-il pas descendu pour toi dans ce bas lieu?
Tu devais succomber par le péché d'un père,
Ne connaître à jamais qu'une affreuse misère;

Pour toi, point de bonheur ; dans l'éternel séjour
Tu ne pouvais jouir du bienheureux amour.
Le décret du Seigneur était plein de justice.
Celui qui créa l'homme exige un sacrifice ;
Est-ce trop rigoureux ? Libre, il est plus parfait :
Il pouvait du démon reconnaître le trait.
Un roi sur ses sujets doit avoir de l'empire ;
Et Dieu ne pourrait pas se venger et maudire
Le désobéissant à ses divines lois ?
Au reste qui, comme lui, pardonne tant de fois ?
Éternel, tout-puissant et dans l'indépendance,
Il saura l'écraser ; mais par sa bienfaisance,
L'offense est infinie. Il est vrai, le pécheur
Mérite avec raison la haine du Seigneur.
Sans doute il souffrira, travaillera la terre,
Puis mourra, puis aussi ses faibles descendants,
Coupables comme lui, malheureux en naissant,
De la mort sentiront le même coup terrible ;
Le contrat le disait ; Dieu se montre sensible.
Le péché par la femme, un jour, sera détruit :
Un Rédempteur viendra ; d'Ève il sera le fruit ;
Le Christ ! voilà son nom ; il vient briser la tête
de l'esprit infernal : pour tous quel jour de fête.
Mon cher, admire ici la bonté du Très-Haut :
L'homme était malheureux ; jamais de cet assaut

Il n'eût pu se lever ; il lui promet le Verbe,

Un autre comme lui. Plus de misère acerbe ;

Il brisera tout mal et l'antique lien ;

L'homme par lui pourra gagner un nouveau bien.

Le temps est éloigné : dans quatre mille années

Il viendra consommer les œuvres annoncées.

Pourquoi ce grand délai ? Plus on diffère un don,

Plus il semble à nos yeux avantageux et bon.

Des Prophètes en nombre au peuple, d'âge en âge,

Révèlent l'avenir, inspirent le courage.

Le moindre acte du Christ est par eux aperçu :

Naissance, vie et mort, de loin tout est prévu.

Dieu parlait donc par eux ! L'auteur de la nature

A pu seul inspirer une chose future.

Pauvre, ils l'avaient tous dit : c'est ainsi qu'il veut naître !

Riche, fier et puissant il ne sait pas paraître.

La saison rigoureuse et un triste réduit

Où soufflent tous les vents, voilà ce qu'il choisit !

Homme-Dieu tout ensemble, il passe son enfance

Soumis aveuglément en toute circonstance.

A douze ans, dans le temple, il instruit les docteurs ;

Déjà par ses discours il ébranle leurs cœurs.

On ne sait rien de plus sur sa première vie.

Quelle dut être belle, ô Joseph ! ô Marie ! !..

A trente ans, par Baptiste, au fleuve du Jourdain,

Il veut être lavé, lui pur, lui trois fois saint.

Alors notre Sauveur visite la Judée,

Et va prêcher sa loi de contrée en contrée.

Partout sur son passage il répand les bienfaits,

Il relève des cœurs abattus à jamais !

Ici l'aveugle voit , l'aveugle de naissance !

L'hydropique est guéri de sa longue souffrance !

L'homme perclus du corps peut porter un fardeau.

Là, le mort de trois jours peut sortir du tombeau !!!

Après avoir ainsi, sur les faibles humains,

Distillé le bonheur, la vie à pleines mains,

On l'accuse aussitôt d'envier pour lui-même

Les honneurs, la couronne et le pouvoir suprême.

On se saisit de lui : d'un peuple furieux

Il essuie à longs traits les affronts odieux.

Mais tout n'est pas fini.... Le Dieu de la nature

Est tombé sous les coups d'une cohorte impure !

Et lorsqu'il n'offre plus qu'un cadavre sanglant,

On attache à la croix le juste, l'innocent !

Il y meurt entouré de deux hommes coupables,

Et en bénissant l'un de ces vils misérables.

Ici je sens mon cœur battre à coups redoublés ;

Mon esprit est ému, tous mes sens ébranlés.

Aux pieds de mon Sauveur, narrateur infidèle,

Je reste en contemplant ton chef et ton modèle.

Il est mort!... Maintenant montre donc à Jésus
L'amour le plus constant. Pouvait-il faire plus?
Sans sa mort, je l'ai dit, dans la gloire immortelle
Tu ne pouvais entrer, et la mort éternelle
Était ton seul espoir.

        Disons encore ici
Ce que fait chaque jour ce généreux ami :
Il nourrit et soutient notre frêle existence;
Sans lui tu n'aurais pas la moindre consistance.
Aime-le donc, mon cher, c'est de ton intérêt;
Si tu veux être heureux, écoute cet arrêt :
Quelque chose, ici-bas, nous plaît et nous attache;
Au bonheur d'un instant, hélas! qui donc s'arrache?
Personne. — Qui n'a rien, désire posséder;
Qui possède beaucoup, veut toujours augmenter :
On n'est jamais content. Sur cette terre ingrate,
Il faut être vivant, et un pur automate
S'attachant à Dieu seul! Hors de lui, nul bonheur.
Celui qui t'a créé peut seul remplir ton cœur.

CHAPITRE TROIS.

SERVIR.

AImer Dieu, c'est servir, faire ce qu'il commande ;
C'est par l'obéissance à tout ce qu'il demande
Qu'il connait un ami

Oh ! si tu veux en être et porter ce doux titre,

Que la divine loi soit le fréquent chapitre

Qui roule en ton esprit.

LES COMMANDEMENTS DE DIEU.

I.

Cher ami, sa loi veut que tout être l'adore,
Qu'à tout il le préfère, aux parents, aux amis,
Que pour lui-même on meure.

II.

Il prétend qu'on honore
Son nom trois fois sacré dans le cœur et l'esprit ;
Il défend donc ainsi que jamais dans ta bouche
Il ne se trouve en vain.

III.

Il se réserve un jour
Le jour de son repos, à rien, à rien ne touche ;
Garde-le tout entier, montre-lui ton amour.

IV.

Dans ton cœur à jamais, oh ! respecte ton père ;
Sois lui soumis en tout. Honore aussi ta mère ;
Celle qui t'a nourri, tu pourrais l'oublier !
Sans eux que serais-tu ? Sache les contenter.
Être heureux ici bas, atteindre un très-long âge,
Voilà ce qu'il promet ; quel immense avantage !

V et I.

Soulage ton prochain, même ton ennemi ;
Ne rends point mal pour mal, et tu seras béni.
Ne laisse point ta main devenir fratricide,
Ni ta langue donner un conseil homicide.

VI et IX.

Ne te souille jamais par un désir honteux ;
Fuis scrupuleusement les objets dangereux.
Ton corps est devenu, par les eaux du baptême,
Le temple qu'habita la divinité même.
Mon cher, en concevant de coupables désirs,
Et en les poursuivant au sein de certains charmes,
Ce que tu semerais, hélas ! dans les plaisirs,
Tu le moissonnerais dans de cruelles larmes.

VII et X.

Mon ami, quelquefois, en voyant l'opulent,
Tu pourras concevoir contre lui de l'envie ;
Parce qu'il jouira, tu le croiras content :
Si tu l'interrogeais, qu'elle est triste sa vie !...
Quelque riche qu'il soit, il ne t'est pas permis
De t'approprier rien, même pas une obole

VIII.

Franchise et vérité soient tes maîtres chéris ;
Ne prononce jamais une fausse parole.

LES COMMANDEMENTS DE L'ÉGLISE.

———❦———

JE le sais, fort souvent, partout autour de toi,
On rira de l'Église et de sa juste loi.
Ne sois pas insensé ; dans les temps où nous sommes,
Que le nombre en est grand, surtout parmi les hommes !

Il te faut obéir; écoute le Seigneur:

« Allez sur toute terre, instruisez. Protecteur,

» Je soutiendrai vos pas. En ce jour ma puissance,

» Je la mets dans vos mains; marchez en assurance. »

Les Apôtres ont donc un souverain pouvoir;

Ils peuvent par là même imposer un devoir.

Leurs successeurs aussi, pour gouverner la terre,

Doivent tous posséder l'autorité première.

Lorsqu'ils parlent, c'est Dieu! Qui pourrait en douter:

Le Seigneur l'avait dit: « Il daigne m'écouter,

» Celui qui vous écoute, et c'est moi qu'il méprise,

» Lorsqu'il n'écoute pas ce que lui dit l'Église. »

C'est ici que l'on voit la force de son bras.

Qui pouvait soutenir, au milieu des combats,

Ces hommes ignorants, et convertir le monde?

Qui pouvait, je l'ai dit, malgré l'esprit immonde,

Le conserver chrétien? Nos pères, nos aïeux,

Ont voulu lui porter les coups les plus affreux.

Dans tout siècle on a vu le schisme et l'hérésie

Se lever fièrement; mais les coups de l'impie

Ont toujours été vains: le Dieu de vérité

Fut sans cesse attentif à sa prospérité.

II ET I.

Tu dois sanctifier, chaque semaine, un jour;

Dans d'autres, à ton Dieu tu dois faire la cour.

Il faut donc, si tu veux éviter sa justice,

Te rendre et assister au divin sacrifice.

CHAPITRE QUATRE.

III.ᵉ COMMANDEMENT.

LA CONFESSION.

D'ADAM, père coupable, enfant infortuné,
Souvent peut-être, hélas ! commettras le péché.
Nul découragement, car après le naufrage,
Dieu te donne un moyen pour aller au rivage.

3

Ne sois pas insensé ! Dans les temps où nous sommes,
Le nombre, je l'ai dit, est grand parmi les hommes.
Chaque année, il le faut, près d'un bon confesseur,
Rends-toi sans balancer, découvre-lui ton cœur ;
En lui tu trouveras un doux et tendre père,
Il aura soin de toi, t'aimera plus qu'un frère.
Tes peines, tes chagrins, il les prendra sur lui,
Te montrera la voie, y sera ton appui.
Si par hasard, un jour, un coup de la fortune
Te causait du dégoût et la vie importune,
T'enlevait tes parents, te laissait orphelin...
Seul... que pourrais-tu donc sans ce flambeau divin ?
Et lorsque par la mort, par la mort si terrible,
Tu seras étendu, rendu presque insensible,
Lorsque tu seras prêt à tout abandonner...
Dis-moi, qui, sinon Dieu, pourra te consoler ?

Le prêtre du Seigneur, charitable ministre,
Seul viendra dissiper le coup le plus sinistre.
« Mon fils, te dira-t-il, sans doute, vous souffrez...
» Ne désespérez pas : écoutez ! écoutez !
» Bienheureux est celui qui pleure en cette vie,
» Il obtiendra de Dieu la céleste patrie.
» Écoutez ! écoutez des Anges les accords !
» Ils vous exhortent tous à doubler vos efforts.

» Encore un peu de temps, vous briserez vos chaînes;
» Vous serez avec nous; là finiront vos peines. »

Quoi de plus beau, mon cher, que ce tendre discours!
Comme il doit faire tendre à l'éternel séjour!
On doit mourir en paix. Oh! comme l'âme pure
Va vite contempler l'auteur de la nature!
Que de beautés alors, que d'objets inconnus
Doivent faire oublier tous ceux qu'il a perdus!
Confessons nos péchés, l'Église nous l'ordonne :
L'homme doit obéir. L'insensé qui raisonne
N'en connaît pas le prix. Le devoir est certain.
» Retenez, pardonnez : l'auguste souverain
» Vous donne tout pouvoir. Allez par toute terre:
» *Instruisez, baptisez* (1), je suis votre lumière. »
Ainsi parle Jésus au disciples choisis :
La puissance est certaine, ils en sont investis.
Dieu l'a dit: *Remettez* (2). Pour juger une affaire,

---

(1) *Euntes, docete omnes gentes, baptizantes.* S. Matth.,
ch. 28, v. 19.

(2) *Quorum remiseritis peccata remittuntur eis ; et quorum
relinueritis retenta sunt.* S. Jean, ch. 20, V. 23.

Il faut un examen : n'est-il point nécessaire,

S'il s'agit d'un procès, ou bien d'un différent?

Pour *retenir*, *remettre*, il l'est également;

C'est donc la volonté, la volonté suprême,

Qu'aux prêtres un chacun se présente lui-même.

On l'a dit quelquefois, et surtout de nos jours,

Que la Confession a commencé son cours

En œuvre tout humaine. Erreur ! mensonge infâme !

Que, l'histoire à la main, je reçoive le blâme.

Les ouvrages de l'homme, hélas ! on le verra,

Annoncent la faiblesse. Ici l'on se taira ;

Rien n'en Parle. Au contraire. Oui, dès le premier âge,

Nous voyons en faveur un nombreux témoignage.

Les Chrétiens, plus fervents, s'accusaient avec foi ;

Chacun savait alors obéir à son roi ;

On goûtait les doux fruits dus à l'obéissance,

On se trouvait heureux au sein de la souffrance :

Ils étaient tout à tous ! Chez tous un pur amour !

Et l'on ne voyait pas l'égoïsme du jour.

L'enfant avait appris à respecter son père ;

En tout soumission, dévouement à sa mère.

Le jeune adolescent, dans d'innocents loisirs,

Ne livrait point son cœur à d'infâmes plaisirs.

Il savait Dieu partout. Une retraite obscure

Ne pouvait influer sur une âme si pure,

L'âge plus avancé respectait le lien
Du mariage saint ; tous cherchaient le moyen
De plaire au Créateur. Quelle belle famille
Ils composaient alors ! Là le fils et la fille,
Et l'époux et l'épouse, le riche et l'indigent,
Se trouvaient en accord, chacun était content (1).
Que les temps sont changés, et quelle différence
Nous pouvons remarquer dans notre pauvre France!
A quoi l'attribuer ? A la religion
Tout est indifférent. De là quelle union
Pouvons-nous espérer ? La volonté divine
Est violée en tout : la nature mutine
A secoué le joug; le lien est rompu !
Aussi le tendre enfant est déjà corrompu.
Que de mères en pleurs se trouvent sans courage,
Regrettant dans leurs fils l'innocence de l'âge !

---

(1) Souvent, dans le monde, on entend dire: Pourquoi aller à confesse? Les personnes qui y vont ne valent pas mieux que les autres......

Nous Répondons : Pourquoi consulter un médecin lorsqu'on est malade? Supposé que certaines personnes ne soient pas meilleures, que seraient-elles sans la confession?

Regrets vains, superflus ! L'arbre est déjà trop vieux
Il croîtra, s'abattra sans sentiment pieux.
Il fallait corriger, fréquenter le saint temple,
Surtout se confesser, donner le bou exemple (1).

---

(1) D'où vient que tous ceux, généralement parlant,
qui sont sur le point de mourir, demandent à se confesser ? C'est qu'alors ils reconnaissent s'être trompés...

CHAPITRE CINQ.

IV.ᵉ COMMANDEMENT.

L'EUCHARISTIE.

Un précepte aussi grand se joint à celui-ci.
Impossible sans lui de vivre heureux aussi.
S'unir à Jésus-Christ une fois par année,
Au moins, enseigne-t-on. Si toute une journée

L'agriculteur pressé ne veut pas se nourrir ;

Si celui qui voyage a beaucoup à courir,

S'il lui faut traverser et de vastes campagnes,

Et des ravins sans nombre, et franchir des montagnes,

Sans nourriture aucune : il fait un vain effort,

Et doit s'attendre enfin à céder à la mort.

L'homme aussi, sur la terre, ayant un corps, une âme,

Doit nourrir et ce corps et sa céleste flamme.

Il ne pourra jamais arriver au bonheur,

S'il ne vient recevoir le corps de son Sauveur.

Il se trouve présent dans cette nourriture,

Celui qui d'un seul mot a formé la nature ;

Il se trouve présent ! Et qui peut en douter ?

Celui qui créa tout ne peut-il rien changer ?

Il parle par le prêtre, et c'est donc la puissance

De l'être trois fois saint qui change la substance.

Jésus, vers son heure dernière,

Ne veut terminer sa carrière

Qu'en montrant son affection :

Il nous dresse une table où, touché de nos plaintes,

Il prétend désormais, par sa protection,

Bannir de notre cœur nos ennuis et nos craintes.

Ce Pasteur si bon et si sage,

Nous conduit dans un pâturage

Plein de douceurs et plein d'attraits,

Et là des pures eaux d'une source féconde,

Nos esprits en repos, en buvant à longs traits,

Chassent le souvenir des vanités du monde.

Rien ici-bas n'est comparable,

Non rien, à cette sainte table.

Ici, c'est la force et la paix!

Notre rang y doit être à nos cœurs une gloire.

O précieuse coupe! où Dieu nous offre à boire

Ces suaves plaisirs qu'on goûte en son palais.

Ici Dieu remplit d'assurance;

Et, comme il nous l'avait promis,

De nos perfides ennemis

Il trompe la vaine espérance.

Ici le plus certain danger

Ne saurait nous donner ni craintes, ni tristesses;

Celui que nous servons dans toutes ses promesses

N'est ni parjure, ni léger.

Quand la carrière est longue et rude,

Que de voyageurs abattus!

Mais lui, la source des vertus,

Il dissipe la lassitude.

Oh! que de charmes dans ce lieu!

Lorsque, loin du chasseur, la tendre tourterelle

Dans le sein du rocher trouve asile pour elle,

Comme on en trouve ici dans Dieu!

Si le riche invitait l'indigent à sa table,

Rien, rien pour celui-ci, non rien d'insurmontable;

Il répondrait de suite à l'honneur qu'on lui fait:

Un Dieu s'y donne à nous, mais n'offre aucun attrait.

O misère de l'homme! ô noire ingratitude!

Il méprise de Dieu la tendre gratitude.

Combien de malheureux voyons-nous tous les jours

Se plaindre amèrement; nul n'implore secours.

PARAPHRASE

Du Psaume : Qui habitat.

———◦◦◦———

Des pièges du démon, c'est là qu'il nous délivre ;
Il garantit nos jours de la corruption.
A couvert sous son aile, il nous permet de vivre,
Pour ne jamais tomber dans la confusion.

Ici tu ne craindras ni la flèche qui vole,

Ni l'air contagieux, ni la mortalité.

Ici tu concevras que la vie est frivole,

Et tu seras pour Dieu brûlant de charité.

A ta gauche, un regard! il en tombera mille;

A ta droite dix mille auront le pareil sort;

Et le glaive vengeur, sur ta tête immobile,

N'osera te frapper pour te donner la mort.

Tu verras le pécheur rentrer dans la poussière;

Tu le verras tomber sous la main du Seigneur;

Ses jours parurent beaux, longue fut sa carrière,

Le temps est arrivé de sentir sa rigueur.

Une paix éternelle

Remplira ta maison,

Et l'Ange, en sentinelle,

Fera fuir le démon.

La suprême puissance

Ordonne qu'en tous lieux

Ils fassent vigilance

Pour te conduire aux cieux.

Tu fouleras aux pieds les animaux terribles,

L'aspic, le basilic, l'indomptable lion ;

Leurs venins à ton cœur ne seront point nuisibles,

Et tu renverseras, briseras le dragon.

Dieu, mon cher, tout puissant, fléchi par ta demande,

Dans le cruel besoin soutiendra tes combats.

Il veut que dans les cieux ta prière s'entende,

Et lui-même, s'il faut, dirigera tes pas.

Il te fera jouir du plus long cours d'années,

Car il t'accordera le salut de ses saints ;

Il te préparera d'heureuses destinées ;

Tu te verras un jour couronné de ses mains (1).

----

(1) Nous avons cru voir, dans ce psaume, les avantages que l'on trouve dans la communion.

V.ᵉ ET VI.ᵉ COMMANDEMENT.

———◦———

L'homme péchant souvent doit faire pénitence;
Il obtient son pardon par la sainte abstinence.
Jeûne donc quelquefois, jeûne quarante jours,
Et du ciel te viendra le plus tendre secours.

Abstiens-toi donc de chair deux fois chaque semaine;
Sache fouler aux pieds toute raison mondaine.

Jeûne encore, ô mon cher; par la religion
Laisse-toi gouverner. Méprise le démon.
Jaloux de ton bonheur, il prétend à ta perte;
Mais sache résister, fais qu'il se déconcerte.
Si ceux qui sont plongés dans une triste erreur
Savent bien obéir et soumettre leur cœur,
Suivre de point en point une loi d'injustice,
Et faire chaque jour immense sacrifice;
Pourquoi te plaindrais-tu? Vois donc ce Musulman,
S'il n'était point abstême, hélas! la mort l'attend.

Voilà, mon cher ami, voilà toute la loi.
Tâche de conserver cette première foi.
En croyant, pratiquant, dans ta tendre jeunesse,
Tu verras arriver une belle vieillesse.
Oui, mon ami, sois sage et pieux et constant;
Obéis à ton Dieu, suis-le fidèlement.
En agissant ainsi, le prix de ta victoire
Sera de voir Jésus dans l'éternelle gloire.

CHAPITRE SIX.

CONTRE LE RESPECT HUMAIN.

La jeune adolescence
Souvent s'éloigne, hélas !
De la tendre innocence,
A d'insensés éclats.

Le méchant, pour séduire (1),
Feint d'être son ami ;
Il a soin de le dire ;
Mais c'est son ennemi.

Méprise calomnie,
Les plus rudes assauts,
La sombre jalousie,
Les plus injustes maux :
Un homme de courage
Pourrait-il s'ébranler ?
Ne crains donc pas l'orage ;
Tu verras tout crouler.

Le guerrier pour la gloire
Montre un sublime effort ;
L'honneur de la victoire
Lui fait braver la mort.

_____

(1) Le respect humain empêche souvent bien des personnes de pratiquer la religion.

Pour goûter les délices,

Les délices des saints,

De légers sacrifices

Coûtent-ils à tes mains?

————

Qui me erubuerit et meos sermones; hunc Filius hominis erubescet cum venerit in majestate suâ.

S. Luc, ch. 9, v. 26.

Si quelqu'un a honte de moi et de mes paroles, le Fils de l'homme aura honte de lui, quand il viendra dans sa gloire.

CHAPITRE SEPT,

SUR LES

AVANTAGES DE LA RELIGION,

Sans toi que devenir, ô Religion sainte ?
Sans ton bras que serait le bel ordre établi ?
Ta voix seule au puissant peut inspirer la crainte.
Tu lui dis que l'abus un jour sera puni.

Tu rappelles sans cesse au juge la justice,
Par tes leçons, le père a soin de ses enfants;
Tu calmes dans ceux-ci le penchant pour le vice;
Par toi que de faveurs coulent sur les parents!!!

Par toi seule l'époux sait respecter l'épouse,
Et par toi celle-ci garde fidélité;
L'indigence n'est point de richesses jalouse;
L'opulent pour le pauvre est plein de charité.

Enfants, tu nous bénis, puis nous bénis encore,
Nous consoles sans cesse au milieu des combats;
Tu soutiens le fidèle à sa dernière aurore,
Jusque dans le tombeau ne l'abandonnes pas.

Pourquoi donc te combattre? Hélas! dans cette vie,
Quel ordre régnerait? La paix et l'union
Ne peuvent se trouver dans aucune patrie,
Si tout n'est dirigé par la Religion,

Rien de plus insensé que l'homme!....... A chaque
instant mille difficultés l'arrêtent dans l'ordre naturel;
il se voit obligé d'avouer son ignorance ; il ne comprend
pas l'ouvrage, et cependant il voudrait saisir l'ouvrier...
Il veut tout expliquer dans la religion, tandis qu'il n'y
a rien de plus relevé, puisqu'elle est la science de Dieu
même.

CHAPITRE HUIT.

———•———

UN MOT SUR LES MSYTÈRES.

———•———

Mystère... hélas! quel mot! Dans les cieux, sur la terre,
L'homme le plus instruit rencontre le mystère,
Sent ce terrible écueil!

4

Cependant, arrêté partout dans cette vie,
Il voudrait expliquer la puissance infinie ;
   O ridicule orgueil !

Dans le cours de cette dissertation, nous avons évité
un grand nombre d'objections, parce que notre but n'était
point de les résoudre. Notre voix se faisait entendre au
jeune chrétien, c'est-à-dire à la foi déjà établie.

Si nos idées tombent sous les yeux de prétendus in-
crédules, qu'ils sachent que la conservation de la Religion chrétienne pendant tant de siècles montre sa divinité,
et par là même pulvérise toutes difficultés.

Nous les prions de lire attentivement, dans la 2ᵉ partie,
l'article intitulé : *Dispersion des Juifs par tout l'univers.*

DEUXIÈME PARTIE.

Nous avions intention d'abord de faire une traduction de tous les psaumes du Bréviaire de Séez. Voilà pourquoi nous donnons les sept qui suivent. Mais, comme pour exécuter cette tâche, il nous eût fallu un temps considérable, nous nous sommes borné à ce petit nombre. De plus, nous ne nous sommes occupé de poésie que *per modum recreationis*. Tous les morceaux que nous donnons ne sont l'œuvre que de quelques instants.

Dans la traduction des psaumes suivants, l'auteur s'est efforcé de rendre le sens de chaque mot, plutôt que de faire une version élégante.

PSAUME 1er.

Beatus vir qui non abiit.

————

HEUREUX qui des méchants évite l'assemblée,
Et qui ne marche pas dans la voie incensée,
Et qui n'a pas glissé le venin de l'erreur.
Heureux qui se soumet à la volonté sainte,

Et le jour et la nuit la médite, et sans feinte
L'aime au fond de son cœur.

Il sera comme l'arbre auprès d'une onde pure,
Le plus bel ornement chéri de la nature !
Toujours on le verra fructifier au temps ;
Ses rameaux fort nombreux, ainsi que son feuillage,
Ne redouteront point la furie et la rage
Des terribles autans.

Il n'en est pas ainsi de la race méchante,
Il n'en est pas ainsi : leur force est impuissante.
Ainsi que la poussière ils seront dispersés ;
Rien ne restera d'eux. On cherchera leur gloire.
Ainsi qu'une tempête, a passé leur mémoire ;
Ils seront oubliés.

Surtout lorsque viendra le jour de la justice,
Ils seront accablés par leur propre malice,
Au spectacle frappant des saints et des élus.
Dieu, qui connaît les cœurs, qui en sonde l'abîme,
Fera briller les siens ; mais les enfants du crime
Se verront confondus.

PSAUME 2.

Quare fremuerunt gentes.

———◦◦◦———

Pourquoi frémissez-vous, ô peuples de la terre ?
Pourquoi ces vains complots ? Les princes et les rois
Se sont tous réunis pour déclarer la guerre
Au Seigneur, à son Christ, leur maître à tant de droits !

Dérobons, ont-ils dit, dérobons notre tête
    Au joug affreux qu'on nous apprête;
    Jetons au loin ces durs liens
    Dont on veut étreindre nos mains.

Dieu, du plus haut du ciel, rira de leur folie;
Il insultera même à leur vaine furie,
Et il leur parlera, transporté de courroux,
Puis leur fera sentir les plus funestes coups.

    Pour moi, je suis sans nulle crainte...
    Je fus, sur la montagne sainte,
    Placé par lui roi de Sion,
    Pour publier sa loi, son nom.

    C'est aujourd'hui votre naissance,
    Vous êtes mon fils bien-aimé.
    Ainsi le Seigneur m'a parlé:
    Je vous donne toute puissance,
    Demandez-moi tout l'univers,
    Je vous l'accorde en héritage,
        Et les peuples divers
    Viendront un jour vous rendre hommage.

Par la verge de fer il vous faut les conduire;
Le rebelle au néant il vous faudra réduire.
De quiconque, en effet, s'oppose à vos desseins,
Le plus fier périra comme un vase fragile,
    Quand celui qui pétrit l'argile
    Brise l'ouvrage de ses mains.

Et vous, rois, ouvrez donc vos yeux à la lumière;
Vous qui jugez le monde, apprenez à juger.
Avec crainte servez le maître du tonnerre;
Quoique joyeux en lui, ne cessez de trembler.

Embrassez fortement la sainte discipline;
Craignez, hors du sentier, la colère divine;
Comme vite elle doit éclater et luire!!
Le seul cœur confiant ne craint pas de périr.

PSAUME 3.

Domine, quid multiplicati sunt.

———————

Seigneur, mes ennemis se sont multipliés,
Et plusieurs contre moi même se sont levés.
   Plusieurs m'ont dit: Plus d'espérance!
   Dans ton Dieu plus de confiance!

Mais vous seul êtes, Seigneur,

Ma force, mon protecteur;

Et dans cette affreuse tempête,

Vous pouvez soutenir ma tête.

J'ai crié fortement jusqu'au plus haut des cieux,

Et Dieu de sa montagne a secondé mes vœux.

La sécurité tout entière

A fait refermer ma paupière.

Je me suis endormi, puis je me suis levé,

Sans trouble et sans effroi... Le Seigneur a veillé.

Je ne craindrai point ces-cohortes

Qui par milliers sont à mes portes.

Levez-vous, Seigneur, sauvez-moi!

Levez-vous, ô mon divin Roi!

Mais déjà sa fureur active

Prévient ma prière plaintive;

Il brise les dents des pécheurs;

Et ceux dont la coupable envie

Sans cause noircissait ma vie,

Répandent eux-mêmes des pleurs.

Le Seigneur sait sauver le cœur seul qui l'implore,

Répandre ses bienfaits sur celui qui l'honore.

PSAUME 17.

Diligam te.

Je vous aime, Seigneur,
L'appui de ma faiblesse ;
Refuge, protecteur
A mon cœur qu'on oppresse.

En mon Dieu, mon secours,
J'espèrerai toujours.

Il est mon bouclier, et contre sa puissance
L'ennemi du salut sentit son impuissance.
J'invoquerai son nom et je serai sauvé;
Alors, ils tomberont, ceux qui m'ont menacé.
La mort m'environnait de ses douleurs cruelles,
Et déjà je voyais s'étendre ses filets,
Alors je regardai les voûtes éternelles,
Et je vous appelai: ma voix eut ses effets.

Tout est ému, la terre tremble,
Les montagnes vont s'écrouler;
Tout dans la nature s'ébranle;
Le Seigneur paraît s'irriter.
Il parait irrité contre elle.
De ses yeux partent des éclairs;
Du courroux dont il étincelle
Les feux s'allument dans les airs.
Il descend; un épais nuage
S'ouvre et s'étend sur son passage;
Le ciel s'abaisse devant lui (1);

(1) Voyez Racine.

La troupe des anges l'escorte,

Et son char, que le vent emporte.

A les chérubins pour appui.

Il se cache dans les ténèbres

Des nuages agglomérés,

Et dans ces demeures funèbres

Il se dérobe aux conjurés.

Alors éclata sa puissance.

Au seul aspect de sa présence,

Ils virent se fendre les cieux ;

Et puis le terrible tonnerre

De grêlons inonde la terre

Et roule des monceaux de feux ;

Il tire des flèches terribles

Et dissipe mes ennemis ;

Il lance des éclairs horribles,

Ils en tombent évanouis ;

Ensuite l'on voit apparaître

Le sein de la terre et des mers ;

Ainsi tout apprend à connaître

Le Créateur de l'univers.

Sa bienfaisante main vers moi daigna s'étendre,

Et contre les périls prit soin de me défendre.

Des coups des ennemis il a su me garder ;

Leurs efforts contre moi je l'ai vu faire échouer ;

Ils avaient préféré le jour de ma misère ;

Mais le Seigneur se fit mon refuge et mon père ;

Lui seul me délivra par un puissant secour,

Et je connus ainsi le prix de son amour.

Le Seigneur me rendra selon mon sacrifice,

Et récompensera de mes mains la justice.

Je marchais devant lui dans la simplicité,

J'ai préservé mon cœur de toute impiété.

Appuyé sur mon Dieu, pour moi quelle victoire !

Leurs remparts renversés serviront à ma gloire.

Sa promesse est certaine ; oui, la voix de mon Dieu,

Véritable, infaillible, est éprouvée au feu.

Or, il conservera qui dans son cœur l'implore,

Et saura protéger ceux dont l'espoir l'honore.

Est-il un autre Dieu, sinon notre Seigneur ?

Qui peut être puissant, sinon mon protecteur ?

Lui seul m'a revêtu de force et de puissance

Et m'a fait avancer dans la sainte innocence ;

Il a rendu mes pieds les pieds des cerfs légers,

M'a lui-même établi sur des lieux élevés.

  C'est par lui que marche à ma suite

  La victoire dans les combats,

  C'est aussi par lui que mon bras

  Sème la terreur et la fuite.

  C'est lui qui répand dans mon cœur

Ce courage que rien n'étonne,

Et c'est sa droite qui me donne

Mon inestimable valeur.

Je fus guidé jusqu'à la fin

Par votre discipline.

Je suivrai toujours avec soin

La justice divine.

Vous avez élargi la voie où je marchais ,

Vous avez applani la route où je glissais.

Aussi je poursuivrai ces méchants sans relâche,

Et je les atteindrai; sur leurs pas je m'attache ;

Je ne reviendrai point qu'ils ne soient tous défaits,

Et je les briserai. C'est fait d'eux à jamais.

Vous m'avez revêtu de force pour la guerre ;

Vous avez renversé mes ennemis par terre ,

Et vous avez fait fuir devant moi ces méchants,

Anéanti, rendu leurs efforts impuissants.

Ils cherchent du secours. Qui voudrait les défendre ?

Ils ont crié vers Dieu : pouvait-il les entendre ?

Ainsi que la poussière ils seront emportés ,

Et comme un vil limon aux pieds seront foulés.

Vous me délivrerez de ce peuple rebelle ;

Vous m'établirez chef d'un autre plus fidèle.

Une autre nation , qui ne me connaît pas ,

M'est soumise aussitôt pour prix de mes combats.

Déjà de tous côtés ont grossi mon empire

Des sujets étrangers que mon seul nom attire.

Déjà ces inconnus accourent sous ma loi;

Les miens sont devenus des étrangers pour moi.

O vive le Seigneur! célébrons sa mémoire;

Lui seul m'a soutenu , m'a donné la victoire.

Vous m'avez tout soumis et vous m'avez vengé,

Au péril menaçant vous m'avez arraché ;

Et vous mettez sous moi ceux qui lèvent la tête;

Des méchants irrités briserez la tempête.

Aussi je chanterai votre nom , vos bienfaits.

Les peuples publieront votre gloire à jamais.

C'est vous qui procurez avec magnificence

Le salut de son roi, qui, rempli de clémence

Pour David, pour son Christ et pour ses descendants,

Les ferez subsister , briller dans tous les temps.

PSAUME 27.

Ad te, Domine, clamabo.

———◦◦◦◦———

Vers vous, Seigneur, je crie; écoutez ma prière!
O mon Dieu! daignez m'exaucer!
Parlez! ou comme un mort dans la ville poussière
    Bientôt on me verra tomber.

Oh ! ne rejettez pas la voix qui vous appelle,

    Accordez-moi votre faveur,

Surtout lorsque vers vous, vers la gloire immortelle,

    J'élève mes mains et mon cœur.

Distinguez-moi d'avec le pécheur et l'impie,

    Oh ! que d'eux je sois séparé ;

Et n'allez pas confondre, en m'enlevant la vie,

    L'innocence et l'impiété,

    Distinguez-moi de ces hommes coupables

Qui trompent leur prochain par des discours de paix,

    Et dans leurs cœurs abominables

Aiguisent avec soin contre lui tous leurs traits.

    Prononcez contre eux un supplice

Dont la rigueur réponde à leur mauvais dessein ;

    Punissez selon la malice

Des funestes appas qu'ils tiennent dans leur main.

    Qu'un rude châtiment égale

L'énorme iniquité de leurs nombreux forfaits ;

    Votre justice se signale

En mesurant leur peine aux crimes qu'ils ont faits.

    Ils méconnaissent votre ouvrage ;

Jamais ils n'ont compris les œuvres du Seigneur. .

    Pour vous venger de cet outrage,

Brisez-les à jamais, privez-les du bonheur.

Béni soit le Seigneur ! il m'a daigné répondre,

Et il a daigné m'exaucer ;

Mon aide, mon espoir, comme il a su confondre

Tous ceux qui voulaient m'opprimer.

Ma chair a pris vigueur, a brillé ma jeunesse;

Mon cœur aussi toujours chantera sa tendresse.

Le Seigneur est la force, il est le protecteur

De son peuple ; du Christ c'est aussi le sauveur.

Sauvez aussi, Seigneur, bénissez l'héritage,

Celui que vous avez choisi ;

Conduisez-le toujours, et faites qu'en partage

Il soit dans la gloire établi.

PSAUME 29.

Exaltabo te, Domine.

———◦◦◦———

J'EXALTERAI, Seigneur, à jamais votre gloire;
Vous m'avez soutenu contre mes ennemis;
J'ai remporté par vous une insigne victoire;
Sur eux de ma valeur ils furent ébahis.

5

J'avais crié vers vous, mon Seigneur et mon père,

Et vous m'avez guéri, sensible à ma prière.

Vous avez retiré mon âme des enfers,

Et brisé de la mort mes déplorables fers.

Chantez, Saints, au Seigneur un sublime cantique,

Célébrez sa mémoire au son de la musique.

Son indignation ne dure qu'un moment;

Mais sa tendre bonté dure éternellement.

Notre cœur affligé le soir verse des larmes;

Mais le retour du jour fait cesser nos alarmes.

Dans le temps où j'étais dans la prospérité,

Je croyais pour toujours être en sécurité.

    C'est votre volonté suprême

    Qui me fit goûter ce bonheur;

    Aussi quel trouble dans moi-même,

    Quand vous me laissâtes, Seigneur.

    Alors d'une voix suppliante

    J'invoquai mon Dieu tout-puissant,

    Pourquoi d'une mort violente

    Me réduirait-il au néant?

    Vous louera-t-on dans la poussière?

    Y verra-t-on votre lumière?

    De moi le Seigneur eut pitié,

    Et de son bras m'a protégé.

    Par vous plein de réjouissance,

J'ai banni les gémissements ;

Et par vous la magnificence

A suivi des fardeaux pesants.

Pour que je chante vos louanges,

Que je ne me taise jamais ,

Accordez-moi qu'avec les anges

Je goûte l'éternelle paix.

PSAUME 65.

Jubilate Deo omnis terra.

―――――❖―――――

Que l'univers entier se livre à l'allégresse,
    Au saint nom du Seigneur !
Que dans un saint cantique il chante sa tendresse,
    Et qu'il lui rende honneur.

Mortels, dites à Dieu: Terrible est votre ouvrage,

O Seigneur tout-puissant !

Vos ennemis verront s'éteindre leur courage,

Et vous seul triomphant.

Que l'univers entier vous craigne et vous adore,

Chante un hymne sacré !

Venez ! voyez combien, du couchant à l'aurore,

Son bras est redouté.

Il a changé la mer en une terre aride,

Le fleuve du Jourdain ;

Là leurs flots à leurs pieds s'arrêtèrent timides ;

Là nous vîmes sa main.

Il possède lui seul un souverain empire,

Un pouvoir éternel;

Ses yeux embrassent tout ! Que celui qui s'admire,

Se regarde mortel.

Bénissez notre Dieu, nations de la terre,

Prenez tous vos ébats ;

Il a tiré mon cœur d'une affreuse misère,

Et veillé sur mes pas.

Pour nous, nous connaissons l'auteur de la nature,

Nous sommes épurés.

Comme l'or par le feu se rafine et s'épure,

Nous fûmes éprouvés.

Vous nous avez conduit dans un terrible piège,

Imposé des fardeaux ;

De nombreux ennemis nous sentîmes le siège,

Les plus terribles maux.

Nous avons traversé les fleuves et la flamme,

Ensuite rafraîchi,

Dans votre temple aussi je vous offre mon âme,

Sacrifice choisi.

Ma bouche l'avait dit au temps de la souffrance,

Que je vous offrirais

Des bœufs gras et des boucs, et qu'en reconnaissance

Je les immolerais.

Venez donc ! écoutez, vous tous remplis de crainte

Pour le nom du Seigneur ;

Je vous raconterai comment sa bonté sainte

A soulagé mon cœur.

J'avais crié vers lui, fait une humble prière

Et célébré son nom ;

De mon cœur j'ai chassé toute humaine misère,

Pour obtenir pardon.

Le Seigneur a prêté une oreille attentive

A mes humbles accents ;

Il a même jeté sur ma bouche plaintive

Des regards bienfaisants.

Je célèbre, ô mon Dieu, vos faveurs souveraines

Qui reçurent mes vœux ;

Que votre charité, qui sut rompre mes chaînes,

Soit bénie en tous lieux.

PSAUME 136.

Super flumina Babylonis.

CANTIQUE.

Air : Enfin de son tonnerre.

Au sein de Babylone,
Hélas ! nous gémissons ;
Sans secours, sans aumône,
Vers Sion nous pleurons.

Sur le triste rivage
Où nous sommes assis,
Toujours sa douce image
Vient frapper nos esprits.

Nos lyres suspendues
Aux saules de ces lieux,
Ne percent plus les nues
De leurs accords joyeux.
Nous sommes dans les chaînes,
Et nos cruels vainqueurs
Insultent à nos peines,
Disant : chantez en chœurs.

Sur vos harpes muettes,
O peuples d'Israël !
O sacrés interprètes
Du fort, de l'immortel !
Chantez sur cette terre
Des cantiques sacrés ;
Plus d'affreuse misère :
Vous serez consolés.

Peut-on chanter ta gloire,

Ton cantique, Seigneur,
Célébrer ta mémoire,
Plongés dans le malheur?
Non! non! sur cette rive
Jamais d'accords joyeux!
Mais une voix plaintive
Montera jusqu'aux cieux.

Si jamais dans la vie
Je viens à t'oublier,
Sion, ô ma patrie,
Ah! plutôt expirer!
Plutôt mes jours s'éteindre
Dans l'affreuse douleur,
Que de jamais enfreindre
Ce serment de mon cœur.

Nulles réjouissances,
Éloignés de Sion!
Plutôt mille souffrances,
Que profaner son nom.
Oui, toujours dans les chaînes
Chez ce peuple ennemi,

Je chercherai les peines,
Sans calmer mon ennui.

D'Edom et de sa race
Ressouviens-toi, Seigneur;
N'en laisse aucune trace,
Quand luira le bonheur.
C'est cette race impie
Qui nous fit écraser,
Chasser de la patrie,
Et nous fit enchaîner.

Superbe Babylone,
Orgueilleuse cité,
Tremble et descends du trône:
L'arrêt est prononcé.
Puisse contre la pierre
Voir briser tes enfants!
Les réduire en poussière,
Disperser par les vents.

MORALE.

De ce peuple fidèle
Ayez les sentiments;

Imitez ce modèle,

O chers adolescents !

Méprisez cette vie,

Soupirez vers les cieux :

Quelle douce harmonie

Doit régner en ces lieux ! ! !

DISPERSION DES JUIFS

PARTOUT L'UNIVERS.

Son origine (historique).

———•o•———

MIRACLE PERPÉTUEL.

———•o•———

Ou sont donc maintenant ces peuples dont l'histoire
Raconte avec orgueil les hauts faits et la gloire ?
Que sont-ils devenus ?

Où sont ces fiers Romains sous qui trembla la terre,

Qui portèrent partout leur terrible bannière?

    Ne les trouve-t-on plus?

Et ces maîtres des mers, leurs voisins indociles,

Qui tant de fois, hélas! ont ébranlé leurs villes,

    Où sont-ils donc passés?

Et ces guerriers fameux, enfants de Babylone,

Qui réduisaient en poudre et les rois et le trône,

    Comme ils se sont fanés!!

Et Thèbes, autrefois la ville au mille portes,

Qui comptait dans son sein de nombreuses cohortes,

    N'est qu'un triste réduit!...

Le voyageur instruit en vain cherche Ninive;

Cette cité rebelle est maintenant captive,

    Sous le sable elle gît.

Ils marchaient cependant la tête et haute et fière;

Ils semblaient à leur gré commander au tonnerre,

    Commander aux humains.

Mais le temps, qui s'enfuit comme le dard qui vole,

A brisé, renversé leur puissance frivole,
　　Leurs orgueilleux desseins.

Ces peuples cependant, remontant d'âge en âge,
Nous touchent de plus près que celui dont l'image
　　Nous entoure toujours;
Il est partout, *le Juif*... partout il est encore,
Pour démontrer assez que celui qu'il abhorre
　　Mérite notre amour.

Il est ceint pour jamais d'une douleur mortelle;
Hélas ! Dieu traite ainsi cette race rebelle,
　　Ainsi Dieu la puni.
Ses enfants, divisés par de fatales haines,
Sont errants, sans patrie et dans de dures chaînes :
　　Quel crime ont-ils commi ?

Écoutez ! un miracle ! dans le temps où nous sommes,
Quel mot ! L'être infini, Dieu, pourrait jusqu'aux hommes
　　Descendre, s'abaisser !
Celui qui, d'un seul mot, a formé le nature,
A cet être d'un jour, chétive créature,
　　Pourrait s'intéresser !

Oui, sans doute; écoutez ! Je déroule l'histoire,
Et j'y lis, et j'y vois ce que votre mémoire
        Doit toujours retenir.
Suivez de point en point: c'est un fait que l'impie
Ne pourra contester. O jeunesse chérie,
        Puisse-t-il vous servir !

Un juste sans exemple éclaire la Judée;
Pour prix de ses bienfaits, sa perte est conjurée;
        Que ne peut l'envieux ?
Oui, l'envie a dicté cet acte de vengeance;
Le juge le connaît, même son innocence
        Étale à tous les yeux.

Il sera donc sauvé ! Pilate, ô l'injustice !
N'ouvrira pas son cœur; il faut un sacrifice,
        S'écrient tous à la fois,
Qu'il soit sacrifié !... — Non ! je ne puis le faire;
Je ne puis immoler un homme débonnaire,
        Un juste, roi des rois.

Il sera donc sauvé !... — Mais un second murmure
S'élevant aussitôt, Pilate, d'une eau pure

Sait se laver les mains.

Sans doute il croit ainsi se blanchir de son crime;
Erreur! il périra; car celui qu'il opprime
  Est le Dieu des humains.

Son sang tombe sur moi, sur ma progéniture,
Dit ce peuple insensé. Cet horrible murmure
  Retentit en tout lieu!
Les cieux en sont émus : sous des nuages sombres
L'astre du jour s'enfuit; et du milieu des ombres
  Tout paraît être en feu.

L'arrêt est prononcé par ce peuple coupable;
Il sentira bientôt un bras impitoyable
  Qui doit l'anéantir.
Des guerriers irrités vont renverser leur ville,
Écraser et détruire. On en voit neuf cent mille
  Du même coup périr!

Un instant a suffi! Le temple, antique gloire,
La cité de David, d'éternelle mémoire,
  Viennent de s'écrouler!
Le reste de ce peuple ira sur toute terre,

Errant et malheureux, et le roi du tonnerre
    Il fera triompher.

Un illustre empereur voit crouler sa puissance;
Julien veut démentir la terrible sentence
    De notre Rédempteur;
Ses travaux arrêtés démontrent sa faiblesse.
L'arrêt est confirmé: la divine promesse
    Sait confondre l'erreur.

Admirez avec moi cette main sans égale!
Admirez comme Dieu quelquefois se signale,
    Inflige châtiment;
Oh! qui ne tremblerait en voyant sa justice!
Pratiquez la vertu, comprimez la malice,
    Il sera bienfaisant.

SUR

SAINTE-ANNE-DE-CHAMPFRÉMONT.

SUR Ste-ANNE-DE-CHAMPFRÉMONT,

Canton de Prez-en-Pail (Mayenne).

Au vingt-sixième jour de juillet.

Au sud de Prez-en-Pail , sur les confins du Maine,
Et non loin d'un village appelé Champfrémont ,
Aux pieds des monts *Soupra* , dans une aride plaine ,
S'élève une chapelle antique, en grand renom.

De hauts arbres, rangés dans un ordre agréable,
L'entourent d'un long temps, et leurs rameaux touffus
Offrent au visiteur un spectacle admirable ;
Aux cèdres du Liban il les croit confondus.

En regardant ces monts, au sommet tout grisâtre,
Quel effet est produit !.. on reste stupéfait !
Le cœur se sent heureux, chasse l'humeur noirâtre ;
On se trouve plus fort, tant on y voit d'attrait.

Trois chaumines au plus, dans ce lieu solitaire...
Dans toute autre saison, désert, abandonné ;
Mais aujourd'hui, vivant, car le jour salutaire
Qui vient de luire ici, l'a rendu fréquenté.

Aujourd'hui donc Sainte-Anne est un fort beau village,
Étendu, populeux, où de nombreux marchands
D'objets de luxe et d'art, font un grand étalage,
Pour contenter le goût, le besoin des chalands.

De loin, qu'il est frappant, qu'il est grand, le spectacle
Qu'offrent des magasins de toile façonnés !
Que l'incrédule ici, s'il n'y voit un miracle,
Me dise donc comment tant de toits élevés ?

Ce mouvement produit ne doit son origine
Qu'à la Religion. Elle seule, autrefois,
Présidait, conduisait. A sa vertu divine,
On voyait s'ébranler les peuples et les rois.

La veille de la fête, et quand dans la nature

Tout semblait en repos ; ici de l'Éternel
Tout chantait la bonté, puis la prière pure,
Comme un parfum d'odeur, s'envolait vers le ciel.
Oh ! qu'il était donc beau, dès la première aurore,
De voir ces pélerins sur le sacré parvis !
Aujourd'hui cependant, malgré l'impie, encore
Vous en retrouverez quelques restes chéris.
Aujourd'hui vous verrez s'offrir à votre vue
Ces exemples frappants qu'on trouvait autrefoi.
Plusieurs viennent pieds nus, et l'âme en est émue,
A jeun ; qu'il est donc beau, l'empire de la foi !
L'aveugle aussi souvent recouvra la lumière ;
Le muet tout-à-coup fit entendre sa voix ;
Le sourd devint sensible aux éclats du tonnerre,
Et le boiteux marcha sans l'aide de son bois.
De nos jours même, hélas ! s'opère ce prodige ;
Souvent sur les esprits il est infructueux.
C'est chose désolante, et qui certes afflige
Celui qui porte un cœur bon, tendre et vertueux.
Oh ! regrettons donc, nous, que dans ce jour de fête
Tous ne soient plus conduits par la Religion !
Qu'il est triste, leur sort ! Assez dit : je m'arrête ;
Mais un soupir vers Dieu pour leur conversion.
Implorons et Sainte-Anne et l'auguste Marie !
Jetons-nous à genoux, disons du fond du cœur :

O vous qui protégez celui qui vous supplie,

Accordez que ce peuple abjure son erreur;

Que ma chère cité maintenant vous honore;

Que mes concitoyens pratiquent la vertu;

Que chacun d'eux toujours avec foi vous implore;

Que tous puissent jouir du bonheur inconnu !

CANTIQUE

EN L'HONNEUR DE LA SAINTE VIERGE.

Dédié aux jeunes gens.

Air : Chantons en ce jour.

CÉLÉBREZ en chœur
A jamais l'auguste Marie;
Célébrez en chœur

Sur vous sa divine faveur.

Toujours dans cette vie
Exaltez ce doux nom !
Quelle douce harmonie !
Quel mélodieux son !

Célébrez en chœur
A jamais l'auguste Marie ;
Célébrez en chœur
Sur vous sa divine faveur.

Elle est le soutien
Du cœur plongé dans la misère ;
Elle est le soutien,
La paix, le salut du chrétien.
Déjà dans la poussière
Fussiez-vous descendus...
Pensez à votre mère
Vous serez secourus.

Elle est le soutien. etc.

Vous serez heureux,
Du péché briserez la chaîne ;

Vous serez heureux
En suivant la reine des cieux.
Sa vertu souveraine
Soutiendra vos combats,
Au milieu de l'arène
Dirigera vos pas.

Vous serez heureux, etc.

Non jamais en vain
L'infirme eut recours à Marie;
Non jamais en vain
A Marie il tendit la main.
Que sur notre patrie
De bienfaits, de faveurs!
Faites, Vierge chérie,
Qu'ils attachent nos cœurs.

Non, jamais en vain, etc.

Jurons en ce jour,
Prosternés devant son image,
Jurons en ce jour

A Marie honneur et amour.

Que toujours d'âge en âge,
Notre cœur, de ses feux,
S'enflamme davantage
A ce nom si joyeux.

Jurons en ce jour, etc.

Chers adolescents,
Comme ce beau nom vous anime !
Chers adolescents,
De doux, de nobles sentiments.
Évitez donc l'abîme
Où périt la vertu ;
Celui qui fuit le crime
N'est jamais confondu.

Chers adolescents, etc.

O mère de Dieu !
Quelle n'est pas votre puissance !
O mère de Dieu,
Daignez les bénir en tout lieu.

Protégez donc l'enfance
Par un tendre secours,
Et sur son innocence
Daignez veiller toujours.

O mère de Dieu, etc.

CANTIQUE

EN L'HONNEUR DE LA SAINTE VIERGE.

Dédié aux enfants du catéchisme.

————⊷0⊶————

Ce Cantique a déjà été imprimé par notre ordre.

————⊷⊶————

Des hymnes à Marie,
    De tendres concerts:
C'est la mère chérie
    De tout l'univers.

Unis aux saints anges,
Enfants, à jamais
Chantez ses louanges,
Chantez ses bienfaits.

Marie est le refuge
Du pauvre pécheur,
Et du souverain juge
Attendrit le cœur.

Unis aux saints anges, etc.

Cette âme que dévore
Le triste chagrin,
Par elle voit éclore
Un jour plus serein.

Unis aux saints anges, etc.

Dans la nuit ténébreuse
Elle est un flambeau;
Sur la mer orageuse
Guide le vaisseau.

Unis aux saints anges, etc.

Remplis de confiance,

   Crions vers les cieux:

Marie aime l'enfance

   Et les cœurs pieux.

   Unis aux saints anges, etc.

PRIÈRE.

Du plus haut de la gloire,

   Voyez nos combats ;

Donnez-nous la victoire,

   Soutenez nos pas.

   Chantons de Marie,

   Enfants, à jamais,

   Chantons de Marie

   Les nombreux bienfaits.

CANTIQUE

Pour le jour de Noël.

Air : Qu'ils sont aimés !

O vous, chrétiens, reunis dans l'enceinte
De ce saint temple, aujourd'hui tous en chœur
Mêlez vos voix à la milice sainte :
Il vous est né l'auguste Rédempteur.   (*bis.*)

Trop malheureux par le péché d'un père,
Et sans espoir de bonheur à jamais,
Le Dieu promis brise cette barrière,
Il vous est né; célébrez ses bienfaits.

Des plus grands rois il a le diadème,
Mais cependant, oh! voyez son berceau.....
Sur un vil chaume, hélas! bonté suprême,
Vous êtes né! que vous me semblez beau!

Riches, puissants au sein de l'opulence,
Comprimez donc votre orgueil en ce jour:
Un Dieu choisit la plus grande indigence;
Il vous est né: donnez-lui votre amour.

O vous surtout que l'infortune accable,
Ne laissez point abattre votre cœur;
Jetez les yeux sur cet enfant aimable!
Il vous est né, votre consolateur.

D'humbles bergers lui font mille caresses,
Mille présents lui portent à l'envi;

Et sur l'autel il répand ses richesses,
Le nouveau-né ; mais il est en oubli !

Dans ce beau jour, hélas ! versons des larmes,
Et à jamais détestons le péché ;
Des vils plaisirs abjurons les faux charmes ;
N'ayons d'amour que pour le nouveau-ne.

L'EXILÉ A SA MÈRE,

ou

La religion seule peut soutenir au milieu de l'infortune.

———————

Air . A la grâce de Dieu.

J'ai donc quitté votre montagne,
Ce doux séjour de mon bonheur ;
Au loin, ma mère, ô ma compagne,
Entendez-vous battre mon cœur ?

Hélas! chassé de ma patrie
Et injustement exilé,
Pourrais-je supporter la vie,
Si Dieu ne m'avait consolé!
    Je m'abandonne à Dieu,
    A la grâce de Dieu.   *(ter.)*

Jeune encore sur cette terre,
Je ne sais que pleurer, gémir;
Plongé dans l'affreuse misère,
Chaque jour je me sens mourir.
Mais non! courage et espérance!
Vous me l'avez dit tant de fois:
Le temps passe, une récompense
A celui qui porte la croix.
    Je m'abandonne, etc.

Une chose, hélas! me fait peine:
C'est qu'ici l'on est sans amis;
Aussi que pesante est la chaîne,
Au milieu d'un peuple ennemi.
Oh! n'allez pas à la franchise
Laisser trop aller votre cœur;

Sans craindre qu'on me contredise,

Ce serait pour vous un malheur.

    Je m'abandonne, etc.

Trop souvent à la flatterie

L'on se livrera devant vous ;

Ailleurs, ô ma mère chérie,

On vous portera mille coups.

Si, par hasard, vous faites rire,

On en sera scandalisé,

Et souvent un léger sourire

Sera fort mal interprété.

    Je m'abandonne, etc.

Assez dit ; soyons charitables...

Laissons, laissons-là les défauts ;

Méprisons ces cœurs misérables,

Méprisons aussi leurs assauts.

Dieu seul connaît la conscience ;

Lui seul aussi nous jugera :

Ne connaît-il pas l'innocence ?

Lui seul la récompensera.

    Ma bonne mère, adieu !

    A la grâce de Dieu !

SOUHAIT DE FÊTE,

Adressé par moi à M. Louis-François Puel, curé de Hablonville, et auparavant curé de Neauphes-sur-Dive, à l'occasion de sa fête.

———

St.-Louis 1841.

———

Un beau jour va briller ! que la sombre tristesse
    Abandonne ici nos esprits ;
Réjouissons-nous donc, et dans notre allégresse,
    Disons, chantons : vive Louis !

Louis est votre nom ; sur les fonds du baptême
　　Ce nom aussi me fut donné :
C'est un lien de plus entre vous et moi-même,
　　Oh ! qu'il ne soit jamais brisé ! !

Faisons tout pour bannir la maligne discorde,
Tout, pour faire régner à jamais la concorde,
　　　Rendre doux le foyer.
Comment, dans les malheurs qui traversent la vie,
Comment goûter la paix ? Sans une voix amie,
　　　Comment se soulager ?

Lorsque vous avez bu jusqu'au fond le calice,
Lorsque vous avez fait le plus dur sacrifice,
　　　Quels étaient vos amis ?
Si Dieu, dans sa bonté, n'eût essuyé vos larmes,
Ne vous eût secouru dans vos tristes alarmes,
　　　Vos jours seraient finis !

Je suis ici pour vous : vivez donc, ô bon père,
　　Vivez, vivez pour votre enfant !
Dirigez, éclairez ! comme une tendre mère,
　　Soutenez son pied chancelant.

Vive, vive Louis ! C'est assez , je m'arrête,

    En jurant à Louis amour !

En tout qu'il soit heureux ! Ici-bas , bonne fête !

    Et plus tard l'éternel séjour !

SOUHAIT

De deux jeunes enfants qui ont perdu leur père,

ADRESSÉ A LEUR MÈRE LE JOUR DE SA FÊTE.

———————●———————

Air : Ave, Maria.

Dans un si beau jour,
Disons que notre mère
Nous est bien chère
Dans un si beau jour.

7

Qu'à notre naissance
Son cœur fut joyeux ;
Pendant notre enfance,
Quels soins scrupuleux !

Dans un si beau jour, etc.

Mère malheureuse,
Depuis quelques ans,
Qu'elle soit heureuse
Avec ses enfants.

Dans un si beau jour, etc.

Que faire pour elle ?
Mais nous n'avons rien ;
La prière est belle,
Prions, prions bien.

Dans un si beau jour, etc

Auguste Marie,
O port du salut !

Montrez la patrie,
Menez au vrai but.

Dans un si beau jour,
Regardez notre mère ;
Elle nous est chère,
Dans un si beau jour.

A UN AMI.

Air de la Normandie.

Pour être heureux en mariage,
Ami, je connais un moyen,
Être pieux : en héritage
Vous aurez le souverain bien.

Tout passe, hélas ! dans cette vie,
Le plaisir, la gloire et bonheur ;
Rien n'est digne de votre envie ;
A la vertu consacrez votre cœur.

J'en appelle à l'expérience
De nos vieux malins d'autrefois ;
Que la main sur la conscience,
Ils osent nier ce que je crois.

Tout passe, etc.

Ils ont pu goûter quelques charmes,
Puiser les plaisirs à longs traits ;
Mais ont succédé les alarmes,
Mais ont disparu les attraits.

Tout passe, etc.

Puis maintenant, qui les console ?
Qui soutient leurs cœurs affligés ?
Voyant que la vie est frivole,
Ils regrettent s'être amusés.

Tout passe, hélas! dans cette vie,
Le plaisir, la gloire et bonheur;
Rien n'est digne de notre envie;
A la vertu consacrez votre cœur.

IL Y A DE BONNES GENS PARTOUT.

DIALOGUE.

IL Y A DE BONNES GENS PARTOUT,

ou

LE NORMAND ET LE MANCEAU.

DIALOGUE EN DEUX ACTES.

————◆◆————

Joseph et Victor, normands, Alexandre et Louis, manceaux.

La scène se passe dans une petite commune du département de l'Orne.

————◆◆————

ACTE PREMIER.

Scène 1.re

JOSEPH, ALEXANDRE.

JOSEPH.

Salut, cher Alexandre! O jour heureux pour moi,
De vous revoir ici!

ALEXANDRE.

Je suis saisi d'effroi !
Malgré tout, cher Joseph, que mon âme est émue !

JOSEPH, *à part.*

Sa figure, il est vrai, me paraît abattue.
(*Haut*).
Rassurez vos esprits. Chez nous, nulle frayeur.
Venu de l'étranger, vous possédez mon cœur.

ALEXANDRE.

Merci, merci ! Joseph, oui, je vous remercie.
Je suis jeune, il est vrai; mais, hélas ! qu'en ma vie....

JOSEPH.

Vous n'osez achever.

ALEXANDRE.

Je suis tout défiant.

JOSEPH.

De qui, de qui ? de moi ?

ALEXANDRE.

Non pas; mais du Normand.

JOSEPH

Je le sais, Alexandre; aussi je vous l'avoue,

Nos bons voisins Manceaux nous traînent dans la boue,
Refusent à beaucoup les moindres qualités,
Vont jusqu'à nous traiter de vils et d'éhontés.
Voilà ce que l'on dit; mais devez-vous le croire?
Non! Si vous connaissiez ce peuple et son histoire...

ALEXANDRE.

Je vous attendais là! Sur lui fort mûrement
J'ai réfléchi, mon cher, formé mon jugement.
Que de faits inconnus! oh! que l'expérience
Est propre à renverser la tendre confiance!
Auparavant j'aimais, je croyais aux amis.
Maintenant j'aime encore. Partout que d'ennemis!
Si vous pouvez, Joseph, détruire mes idées,
Changer mes sentiments ainsi que mes pensées,
Que vous serez adroit! L'édifice construit
Sur le roc n'est pas facilement détruit.

JOSEPH.

Mais qu'avez-vous donc lu de si défavorable?
Vous aimiez le Normand, vous le trouviez aimable.
S'il n'en est plus ainsi, qui donc vous a changé?
Qui donc vous a déplu, qui donc vous a froissé?

ALEXANDRE.

De ce peuple, mon cher, l'historique lecture,

Sa méditation , m'ont fait une blessure ;

Et lorsque j'ai pesé les actions de chacun,

Que j'ai compris bien vite un esprit importun.

JOSEPH.

Vous voilà tout aigri. Tâchons de nous défendre.

Que Victor et Louis viennent pour nous entendre.

Scène 2.

JOSEPH, ALEXANDRE, VICTOR, LOUIS.

JOSEPH.

Exposez vos griefs ; nous avons deux témoins :

Louis sera pour vous ; Victor prendra mes soins.

ALEXANDRE.

Vous avez présenté ce que je voulais dire;

Ces reproches, mon cher, doivent bien vous suffire.

VICTOR.

Quel crime nous fait-on ?

ALEXANDRE.

Vous allez le savoir.

JOSEPH.

Je ne cacherai rien, serai vrai par devoir.

Vous pouvez remonter jusqu'à notre origine.

Que de nombreux exploits! Quelle vertu divine

Ont montré les Normands! Sans asile et sans pain,

Ils pouvaient en chercher les armes à la main.

Marchant de bourg en bourg, de village en village,

Quelques-uns, il est vrai, se livrent au pillage.

Il est vrai, quelques-uns ont profané l'autel;

Mais tous n'approuvent pas la guerre à l'éternel.

Ainsi qu'un fort nuage, ils ont couvert la Seine:

Rien ne peut arrêter le brave qui les mène.

Son mérite lui vaut la brillante Neustrie,

Qui depuis ce temps-là s'appelle Normandie.

La culture bientôt a signalé les champs.;

Le commerce renaît avec ses habitants.

La chicane, il est vrai, compagne inséparable,

Par là semble tenir un rang fort honorable.

Ainsi, pourquoi blâmer? Surtout n'oubliez pas

Qu'à la religion ils tendirent les bras.

Dans leur conversion ils bannirent la crainte;

Ils ont été long-temps soumis à la loi sainte.

Maintenant, comme ailleurs, légère piété;

Mais je ne trouve pas le crime reproché.

VICTOR.

Quel crime, cher Joseph?

ALEXANDRE.

De n'avoir point d'amis ;
D'être doubles en tout.

VICTOR.

Où sont donc les trahis ?

Scène 3.

ALEXANDRE, LES MÊMES.

ALEXANDRE.

Il ne m'est pas permis de rien faire connaître ;
Ce serait offenser, blesser l'auguste maître.
Mais, Messieurs, dites-moi, qui, même d'entre vous,
N'a déjà pas senti les plus funestes coups ?
N'a pas ouï révéler une chose cachée ;
Manifester à tous une affaire sacrée ?
Ici je ne veux point parler de ce secret
Que l'on confie au prêtre. Il est assez discret.
Je n'entends par ces mots qu'affaire de famille.
Que pensez-vous surtout de l'esprit d'Habloville ?
Ne remarquez-vous point les torts cités plus haut.
Comparez maintenant, et jugez du Manceau.

Louis, c'est à ton tour. Là-bas, sur l'herbe verte
Allons nous reposer.

TOUS.

L'heureuse découverte !

(*Ils s'assèyent.*)

ACTE DEUXIÈME.

———•◦•———

Scène 1.re

LES MÊMES.

LOUIS, *chantant.*

Réunis sous un vert feuillage,
Manceaux, chantez votre pays ;
Faites retentir le bocage
Des louanges des vrais amis.

Chez vous l'on s'aime à la folie ;

Point de détour ; par sentiment

L'ou se console dans la vie :

En est-il ainsi du Normand ?　　　　(*bis.*)

Ici , plus que dans notre Maine ,

L'on sait spéculer en secret ;

On ne pense chaque semaine

Qu'à faire monter l'intérêt.

Chez tous , assez grande caresse;

Mais les dehors sont empruntés.

Défiez-vous de leur tendresse ,

Car des traits y sont renfermés.　　　　(*bis.*)

VICTOR.

Que Louis est méchant ! que son chant est terrible !

ALEXANDRE à LOUIS.

Tu t'es acquis, l'ami, le titre d'invincible.

LOUIS , *continuant.*

Chez nous , certes , plus de franchise ;

Mais encore , que de maux divers !

Il est donc bon que je vous dise

Que tous les peuples sont pervers !

Écoutez, amis, je le jure,

Chez le Manceau, chez le Normand,

Il existe plus d'un parjure.

Cessez donc votre différent.   (*bis.*)

ALEXANDRE.

Je n'aurais jamais cru. Tu rends déjà les armes !

VICTOR, *il pleure.*

Il a raison, Louis ; je répandais des larmes ;

La chanson m'avait tué : j'ai repris de l'espoir.

Scène 2.

JOSEPH, LES MÊMES.

JOSEPH.

Il me faut maintenant m'acquitter d'un devoir :

Vous venez de montrer, sans la plus moindre feinte,

Tout ce que vous pensez, et la servile crainte

Ne vous arrêta pas. J'admire votre cœur.

Je veux que vous m'aimiez. Oh ! pour moi quel bonheur !

J'ai voulu soutenir, défendre notre gloire ;

Mais vous avez vaincu, remporté la victoire,

Oui, mes amis, souvent les plus doux sentiments
Se trouveront unis à des désirs violents.

Vous les verrez donner le baiser le plus tendre,
Et s'attaquer ensuite, au lieu de se défendre.

S'ils savaient pratiquer notre religion,
Se confesser souvent, chez tous quelle union !

Ils aiment avant tout les choses de la terre ;
Préfèrent la fortune au maitre du tonnerre.

Ils devraient cependant savoir que tout n'est rien ;
Qu'ici-bas nul bonheur, hors du souverain bien.

Au reste, mes amis, attendez une année,
Et vous verrez s'enfuir cette gloire en fumée.

Nos esprits forts n'auront qu'un temps fort passager ;
Quand il ne sera plus, ils voudront regretter.

Dieu sera venu vers eux. Alors quelle colère !
Sans doute il était bon ; mais il sera sévère.

Chers amis, nous comptons, au milieu d'Habloville,
Quelque mauvais chrétien. Peut-être ma famille

En renferme elle-même. Oh ! prions Dieu pour eux !
Puissions-nous les changer, les rendre plus heureux !

Scène 3.

ALEXANDRE.

Joseph , et vous Victor , l'amitié la plus pure
De nous fait des unis en ce jour , je le jure ;
Il est si doux d'aimer ! Je dirai franchement,
Je ne vois pas pourquoi l'on blâme le Normand.
Dans chaque lieu, son monde. Hélas ! dans notre Maine,
Quelle affreuse misère ! hélas ! chaque semaine,
Quel scandale donné ! de plus, que de combats,
Que d'assauts dangereux ! que de bruyants ébats !
La jeunesse volage ignore l'innocence.
Tous viennent se briser par la funeste danse.
Puis quels gémissements ! quels regrets superflus !
On voudrait les plaisirs, on ne les trouve plus.
Je l'ai dit : les Manceaux blâment votre patrie ;
Je préfère l'esprit de votre Normandie :
Plus pures sont les mœurs. La douce piété
N'est pas encore ici ce qu'on eût désiré.
Il est des esprits droits.

JOSEPH.

Oui , dans toute contrée,
A la tendre bonté la malice est mêlée.

ALEXANDRE.

A bas l'inimitié ! Louis tu vas finir.

Chante-nous un couplet ; il faut nous réjouir.

Scène 4.

JOSEPH, LOUIS, ALEXANDRE, VICTOR.

(*Ils font une ronde et chantent avec force.*)

LOUIS.

Allons ! ici que tout s'empresse !

Embrassons-nous dans ce beau jour !

Livrons nos cœurs à l'allégresse ;

Aimons-nous d'un parfait amour.

Amis, sachons dans notre vie

Gémir et prier ;

Sachons vers l'auguste patrie

Souvent soupirer ;

C'est le moyen de ne rien regretter.

(*Tous s'embrassent et se retirent.*)

Quoique, dans le dialogue précédent, nous ne parlions des mœurs que d'une commune et de deux provinces en particulier, il y a certaines réflexions qui peuvent cependant s'adresser à tous les lieux et à tous les pays.

En effet, il n'est pas un seul endroit qui ne compte des esprits doubles. De plus, la moindre localité renferme de ces cœurs orgueilleux, qui s'élèvent à chaque instant contre les vérités de la religion. On a dû souvent remarquer ce défaut dans ceux qui sont obligés de conduire les autres. Qu'ils sachent, ces hommes, souvent sans instruction, que la religion seule peut maintenir l'ordre et conserver le respect dû à qui de droit

Tout pour la plus grande gloire de Dieu.

ERRATA.

2ᵉ Introduction; page 20, lig. 13: Il a droit pourtant à; lisez: *Il a droit cependant. La plus petite fibre de ton cœur, à ton Dieu tu dois la consacrer.*

Page 21, ligne 4: Sous un bras; lisez: *Sans un bras.*

   Id. ligne 5: comme sans Pharaon; lisez: *comme sous Pharaon.*

Page 34, lig. 15; après: travaillera la terre; lisez: *Sentira dans son cœur une affreuse misère.*

TABLE DES MATIÈRES.

——————⊗——————

FALAISE. Imprimerie de LEVAVASSEUR. (1845.)

www.ingramcontent.com/pod-product-compliance
Lightning Source LLC
Chambersburg PA
CBHW070909030726
47504CB00005B/1508